나는 절대

너를 포기하지 않을 것이다

monostory 002

안나푸르나

이종혁

eastend

차례

안나푸르나 ——— 07

작가의 말 ——— 75

작가 인터뷰 ——— 79

안나푸르나

1.

 얼음과 눈이 뒤섞인 눈더미 위로 몸을 반쯤 드러낸 사람 사진 한 장이 문자 메시지로 도착했다. 사진 속 그는 잔뜩 웅크린 채 얼어붙어 있다. 파란 고어텍스 재킷과 붉은 다운 팬츠. 재킷 왼쪽 어깨에는 바래서 희미해진 작은 태극기가 붙어있다. 피부는 생명의 흔적을 완전히 잃고

희뿌연 빛을 띠고 있다. 특이하게도 왼손에만 장갑을 끼고 오른손은 맨손이다. 왜 장갑을 한쪽만 벗었을까.

—이 사진만 보고 어떻게 민철 삼촌이라고 확신할 수 있죠?

잠시 후, 인적 사항이 나온 여권 속지를 촬영한 사진이 도착했다. 오랫동안 눈 속에 얼어붙어 있었지만, 생각보다 상태가 나쁘지 않아서 민철 삼촌의 여권이라는 것을 단번에 알아보았다.

—시신 바로 옆에서 발견됐답니다.

그렇게 민철 삼촌의 시신이 발견되었다. 히말라야 안나푸르나로 떠난 지 오 년 만이다. 다시 삼촌의 시신이 담긴 사진을 바라보았다. 결국 이렇게 되었구나. 놀랍지도, 슬프지도 않았다. 오히려 담담했다. 삼촌의 죽음은 이미 예정되어 있었는지도 모른다. 그럼에도 직접 눈으로 확인하니 허망했다.

보통 히말라야에서 시신을 발견해도 대부분 그냥 지나친다던데, 어째서 원정대가 삼촌의 시신을 확인하게 되었는지 물었다.
―어깨에 붙은 태극기 때문이죠. 애국심 같은 거랄까?
자신을 대한산악연맹 이사라고 소개한 그의 말에 묘한 자긍심이 느껴졌다. 나는 주억거릴 수밖에 없었다.
―앞으로 제가 어떻게 해야 할까요?
―심플합니다. 시신을 찾아오거나, 그대로 두거나.
그의 말투는 정중했지만, '심플'이라는 단어가 유독 거슬렸다. 전혀 가볍지 않은 상황을 단

한마디로 가볍게 정리하는 것 같았다. 게다가 어차피 당신 일이니 알아서 결정하라는 태도가 은근히 언짢았다. 물론, 오해일지도 모른다. 이해하기 쉽게 설명하려다가 '심플'이라는 단어를 썼을 수도 있다. 그러나 지금은 이런 사소한 말에 예민해질 때가 아니다. 어떤 선택을 하든 결정해야 한다. 다만 무엇이 옳은 선택인지 잘 모르겠다. 내가 고민 중인 걸 눈치챘는지 그는 말을 덧붙였다.

—참고로 시신을 찾아오는 건 생각보다 어렵습니다. 과정도 복잡하고, 위험 부담도 크고, 무엇보다 돈이 많이 들죠. 그래서 많은 유족들이 그냥 그 자리에 두곤 합니다. 물론 그럼에도 불구하고, 끝까지 시신을 찾아오기 위해 포기하지 않는 분들도 많습니다.

오히려 머릿속이 더 복잡했다. 전혀 심플하지

않았다.

　―천천히 고민해 보세요. 급하게 결정할 일이 아니니. 시신 수습에 대해서 궁금한 점 있으시면 언제든지 연락해 주세요. 자세히 설명해 드리겠습니다.

　감사의 인사와 함께 전화를 끊으려는 찰나, 그가 무언가를 떠올린 듯 다급하게 말을 이었다.

　―아참! 시신 옆에 수첩도 하나 있었는데, 그걸 원정대 대원이 챙겨왔답니다. 유품의 의미로요. 주소 알려주시면 보내드리겠습니다.

　비로소 통화가 끝나자, 나는 긴 한숨과 함께 끊었던 담배를 찾아 다시 입에 물었다. 유품이라⋯⋯.

　삼촌의 발견은 언론에서 잠깐 화제가 되었다. 히말라야에서 실종된 한국인 시신이 발견되었다는 점도 주목받았지만, 무엇보다 녹은 눈 속에서 발견되었다는 사실이 더 큰 이슈였다. 지구과학연구소의 K 소장은, 기후변화로 인해 빙하가 녹고 있다는 것은 지구에 중대한 이상이 생겼다는 징후라며 심각한 표정으로 인터뷰에 나서기도 했다. 사람들에게는 삼촌의 발견보다 지구의 위기가 더 중요한 듯 보였다.

―시신은 어떻게 하실 계획입니까?

이름만 대면 알 만한 언론사 기자의 질문에 나는 선뜻 답하지 못했다. 확신 없이 내뱉은 말이 세상에 뿌려지는 건 부담스러웠다. 그래서 아직은 고민 중이라며 적당히 둘러댔다. 대한산악연맹 이사에게 들은 시신 수습 절차는 결코 쉬운 일이 아니었다. 나처럼 평범한 사람에게는 거의 불가능에 가까울 정도로.

히말라야 안나푸르나 해발 7,000미터 지점에

묻혀 있는 삼촌을 수습하기 위해서는, 우선 전문 구조팀을 꾸려야 한다. 구조팀을 꾸렸다고 해도 시신이 발견된 장소까지 도달하는 데 많은 위험이 따른다. 물론 상황에 따라 어느 지점까지 헬기를 동원할 수는 있다. 무사히 시신까지 도달했다고 해도 바위와 얼음으로 뒤엉킨 시신을 손상 없이 떼어내는 일은 절대 쉽지 않다. 얼음까지 달라붙은 150킬로그램이 넘는 무거운 시신을 지고 하산하는 일 역시 극한의 위험을 동반한다. 우여곡절 끝에 시신 수습이 성공했다면 이후에 현지 병원으로 옮겨 화장하거나 방부처리 후 항공편으로 운송된다. 과정도 과정이지만, 무엇보다 비용이 문제였다. 구조팀과 현지 셰르파 인건비, 헬기 동원 비용, 시신 보관 및 처리 비용, 국제 운송 비용 등까지 합하면, 많게는 일억 원까지 들 수도 있다.

결국 나는 삼촌을 포기해야 할지도 모른다고 생각했다. 솔직히 비용이 가장 큰 문제였다. 마음은 거의 포기하는 쪽으로 기울었다. 누구도 나를 비난하지 않을 것이다. 분명 이해해 줄 것이다. 하지만 나를 키워준 유일한 가족인데……, 이렇게 포기해도 괜찮은 걸까. 흔들리는 마음 끝에, 나에게 가족이나 다름없는 성민과 상의해 봐야겠다고 생각했다.

내 고민을 들은 성민이 아예 휴가까지 내 부산에서 수원으로 올라왔다. 그럴 필요 없다고 극구 사양했지만, 결국 성민의 고집을 꺾을 수 없었다. 그런 일이 있으면 나랑 상의하는 게 맞지, 우리가 무슨 사이냐, 민철 삼촌도 내게는 고마운 분이다, 이 형님이랑 이야기하면 모든 게 다 잘 풀린다니까. 잔소리 아닌 잔소리로

호들갑을 떨었다. 그러나 마음 한편으로는 무척 고마우면서도 안심이 되었다. 성민은 내게 그런 존재였다. 동갑이면서도 나를 동생처럼 아끼는 사람, 같은 핏줄도 아니면서 남들에게 우리는 형제라고 말하는 사람, 나의 불행을 반으로 쪼개서 함께 지고 가는 사람, 나와 관련된 일이라면 별것 아닌 일에도 그냥 넘어가지 못하는 사람, 그냥 옆에 있는 것만으로도 안도가 되는 사람, 그리고 가족이 나를 다 떠났을 때 유일하게 옆에 있어 준 사람.

상황을 전부 들은 성민도 솔직히 어떻게 해야 할지 확답을 못 내렸다.
"우리, 삼촌을 어떻게 해야 할까?"
이번 일이 마치 우리의 일인 것처럼 '우리'라는 단어에 힘을 주었다.

"아무래도 포기해야 할 거 같아. 과정도 과정이지만, 돈이 너무 많이 들어. 모아 놓은 돈도 별로 없고, 학자금 대출도 아직 남아서 신용대출도 많이 안 나오는데 어떻게 그 돈을 감당해."

우리는 한동안 아무 말이 없었다. 현실을 마주하고 있었다. 일억 원은 결코 적은 돈이 아니다. 누군가에게는 십 년을 모아도 모으기 힘든 돈이다. 무거운 침묵 속에서 성민이 입을 열었다.

"그 돈, 내가 빌려줄게."

잘못 들었나 싶어 의아한 표정으로 성민을 바라보았다. 성민의 눈은 진심이었다. 나는 손을 저으며 말했다.

"무슨 소리야, 한두 푼도 아니고……, 안 돼."

"줄 때 받아. 돈이야 앞으로 또 벌면 되지."

말문이 막혔다. 아무리 가족이나 다름없는 친구라 해도, 무엇을 믿고 일억 원이라는 거액을 스스럼없이 빌려줄 수 있단 말인가. 솔직히 성민이 나와 같은 상황이었다면, 나는 그렇게까지 못했을 것이다. 어릴 적부터 혼자였던 성민은 제 한 몸 건사하기 위해 대학도 가지 않고 악착같이 돈을 모아 왔다. 그런 돈을 선뜻 주겠다니. 그것도 그렇지만, 내게 일억 원이라는 빚이 생긴다는 사실 자체가 무겁게 느껴졌다. 앞으로 그 빚을 갚기 위해 허덕이며 살아야 할지도 모른다. 숨이 턱 막혀온다. 성민이 내 어깨에 손을 얹으며 말했다.

　"그래도 너를 포기하지 않은 유일한 가족이었잖아."

　맞지, 나를 포기하지 않은 유일한 가족은 민철 삼촌뿐이었지. 그때 민철 삼촌이 나를 데려오지 않았더라면, 나는 어떻게 되었을까. 방황하며 대학도 안 갔을 것이고, 지금처럼 회사에 다니면서 무난한 삶을 살지도 못했을 것이다. 상상조차 되지 않는다.

    나는 한참 고민한 끝에 그러자고 했다. 내 옆에 성민이 있다면 어떤 일이든 잘 헤쳐 나갈 수 있을 것이다.

    "잘 생각했어."

    성민은 천진난만하게 웃으며 내 어깨를 두드렸다. 그의 표정을 바라보니, 어릴 적 내가 보육원에 버려졌다는 사실이 오히려 감사하게 느껴졌다. 만약 그러지 않았다면 성민을 만나지 못했겠지. 삼촌이 나를 책임지고 키우지 않았을지도 모르고. 물론, 할머니는…… 더 힘들었겠지만.

*

　나는 부모가 없었다. 태어났을 때부터 없었던 건지, 아니면 기억을 못 하는 건지 나도 잘 모른다. 할머니 손에 자란 기억만이 전부였다. 다들 하나씩 있는 가족사진조차 없었다. 할머니는 한 번도 나의 부모에 대해 이야기한 적이 없었고, 나 역시 묻지 않았다. 딱 한 번, 내가 부모에 대해 물어봤을 때, 할머니는 그저 침묵했다. 그런 거 물어보지 말라며 화내지도 않았고, 그렇다고 슬퍼하거나 원망하지도 않았다. 그저 침묵했다. 나는 비록 어렸지만, 본능적으로 알았다. 묻지 말아야 할 질문이라는 것을. 그래서 일절 부모에 대해 궁금해하지 않았다. 가끔 누군가가 내게 부모 이야기를 꺼내면, 나도 할머니처럼 침묵했다. 그럼, 상대도 침묵했다.

할머니의 보물 1호는 빨간색으로 도색된 리어카였다. 아침이면 어김없이 쪼그려 앉아, 어디 상한데 없는지 구석구석 살펴보며 걸레질을 했다. 내가 장난삼아 바퀴를 슬쩍 차기라도 하면, 할머니는 어디선가 달려와 호통을 쳤다. 어딜 발로 차! 이 녀석은 우리 집의 희망이야. 너처럼 밥만 축내는 식충이가 아니고. 할머니의 말에 나는 입을 삐죽 내밀며 작게 투덜거렸다. 그래 봤자 고물이지. 나는 괜히 심술이 나서 리어카에 '빨갱이'라는 별명을 붙였다가 얻다 대고 그런 상스러운 별명을 붙이냐며 할머니에게 욕을 또 먹었다. 그렇게 할머니는 사랑하는 빨갱이와 아침부터 해 질 때까지 온 골목 구석구석 누비며, 삶을 굴리고 또 굴렸다.

　할머니는 '가난'이라는 말을 입에 달고 살았다. 가난해서 허리가 아픈 거야, 가난해서

기를 못 펴는 거야, 가난해서 곰팡이가 득실득실한 집을 떠날 수 없는 거야, 가난해서 돈을 못 버는 거야, 가난해서 삼촌이 밖으로 나도는 거야. 다섯 살에 불과했던 나는 가난이 무엇인지 몰랐다. 불편하지도 고통스럽지도 않았다. 다만, 할머니는 가난하다는 게 항상 불만이었다. 그래서 삼촌이 가끔 집에 들어올 때마다 항상 싸움이 벌어졌다. 돈은 도대체 언제 벌어올 거냐며. 삼촌은 보통 몇 날 며칠씩 집을 나갔다가 돌아오기를 반복했다. 삼촌은 매번 어디서 자고 오느냐고 할머니에게 물으면, 한숨을 쉬며 읊조렸다. 어디 가서 도박이나 안 하면 다행이지.

"할머니, 빨리 와봐! 삼촌이 TV에 나와!"
TV에 나온 삼촌을 보고 다급하게 할머니를

불렀다. 사실 며칠 전, 오랜만에 집에 들어온 삼촌이 이번 주 목요일 밤 열 시에 꼭 KBS를 보라고 신신당부했다. 이유도 알려주지 않은 채 음흉한 미소만 지을 뿐이었다. 그렇게 삼촌이 산악인이라는 사실을 다큐멘터리를 통해서 알았다. 산을 오르는 일이 직업인지 취미인지 헷갈렸지만, 그보다도 TV에 나오는 삼촌이 신기하고 자랑스러웠다. 할머니 말대로 지금껏 삼촌을 도박꾼쯤으로 여겼던 내가 조금 미안했다. 삼촌은 어느 유명 산악인의 등반팀에 속해있었다. 그들은 히말라야 8,000미터급 14좌를 완등하기 위해 모인 원정대라고 소개했다. 화면 속 삼촌은 대장 뒤에서 이름 모를 장비를 챙기고 있다가 대장이 민철아, 라고 부르자 재빨리 달려와 카메라 앞에 섰다. 삼촌은 겸연쩍게 카메라를 보며 PD와 인터뷰를 했다.

―민철 씨는 왜 이렇게 위험한 산을 오르나요?

―저를 살아낼 수 있게 해줘요. 산만이 유일하게 저를 인정해 준다랄까. 물론 과정은 위험하고 힘들지만, 그 고통을 참고 정상에 서면…… 세상을 다 얻은 거 같아요. 삶과 죽음을 가장 가까이서 느낄 수 있는 곳, 그래서 뭐든 해낼 수 있을 것 같은 용기가 생깁니다.

삼촌은 우리가 한 번도 본 적 없는 환한 웃음을 지어 보였다. 그 순간 할머니는 TV를 향해 욕지거리를 했다.

"미친놈, 지는 살겠지……, 우리 생각도 좀 해라!"

그런데도 할머니는 작은 미소를 지으며 다큐멘터리를 끝까지 지켜보았다.

할머니는 삼촌이 TV에 나왔다는 이유로 이제 집 안이 조금 필 것이라 기대했던 것 같다. 하지만 그건 착각이었다. 삼촌은 여전히 집에 들어오지 않았고, 돈을 가져다주지 않았다. 할머니는 빨갱이를 닦으며 중얼거렸다. 이기적인 새끼, 후레자식 같으니…….

"할머니! 빨리 와봐! 삼촌이 또 TV에 나왔어!"
다큐멘터리가 방영된 지 한 달쯤 지난 후, 나는 TV 속 삼촌을 보고 호들갑을 떨었다. 저녁 아홉 시 뉴스였다. 이번에는 삼촌이 미리 알려주지도 않았는데 또 TV에 나왔다. 이제 유명인이 된 삼촌이 자랑스러워 시선을 화면에 고정했다. 얼굴이 검붉게 그을린 대장과 삼촌, 그리고 두 명의 동료가 고개를 들지 못한 채 침울한 표정으로 인터뷰를 했다. 처음에 봤던 다큐멘터리 속 환한 모습과는 달리, 분위기가 우울하고 무거웠다. 삼촌의 굳은 표정과 다르게,

어느새 내 옆에 와 앉은 할머니의 얼굴은 서서히 풀리고 있었다. 어린 나는 왜 이들의 표정이 다른지 이해할 수 없었지만, TV에 나오는 삼촌이 그저 자랑스러울 뿐이었다.

한동안 다양한 사람들이 우리 집을 들락날락했다. 신문 기자, 방송국 PD, 동반장 할아버지, 경찰 아저씨, 심지어는 이틀에 한 번꼴로 찾아와 울부짖는 아줌마까지. 그때마다 삼촌은 죄지은 얼굴로 현관문을 열어주었다. 사람들이 올 때면 할머니는 나를 방으로 들여보내고 조용히 방문을 닫았다. 무슨 이야기를 나누는지 궁금해 방문에 귀를 가져다 댔다. 불을 켜면 몰래 듣는 것을 들킬 것만 같아 깜깜한 방 안에서 숨을 죽인 채 귀를 기울였다. 당최 무슨 이야기가 오가는지 못 알아들었지만, 감정이 실린 몇 개의 단어가 짧고 강하게 귀에

스며들었다. 원망, 죽어, 죄송, 죽을, 죄, 반드시, 찾아, 실종, 혼자만, 죄송, 죄송……. 울부짖는 아줌마가 찾아오는 날에는 '죄송'이라는 말밖에 들리지 않았다. 그렇게 정신없는 날들이 지나고, 언젠가부터 사람들이 집에 드나들지 않았다. 조용한 일상이 찾아왔다. 할머니는 그제야 마음이 놓였는지 외출이 잦아졌지만, 삼촌만은 방에서 좀처럼 나오지 않았다.

　두 달 만에 방에서 나온 날, 삼촌은 생전 하지 않았던 일을 시작했다. 무슨 자동차 부품을 조립하는 공장이라고 했다. 어떤 날은 새벽같이 나가서 밤늦게 들어오고, 또 어떤 날은 밤늦게 나가서 아침에야 들어왔다. 내 친구 아빠는 늘 아침에 출근해서 저녁에 들어오는데, 왜 삼촌은 이상하게 일해? 딴짓하고 다니는 거 아니야?

걱정스럽게 할머니에게 묻자, 2교대라서 그래, 라며 흐뭇하게 미소를 지었다. 2교대가 뭔지 몰랐던 나는 일단 삼촌이 정말로 일을 하고 있다는 말에 괜히 안심했다. 삼촌이 일을 시작한 뒤로 집안은 조용해졌고, 어딘가 평화로웠다. 물론, 할머니만 그랬을지도 모른다.

    할머니는 종종 어린 내게 말했다. 공부 열심히 해서 꼭 대학을 가야 한다. 안 그러면 나중에 우리처럼 가난해져서 평생 힘들게 살아야 해, 알겠지? 대학을 못 가는 것과 가난해져서 힘들게 사는 것이 어떤 관련이 있는지는 알 수 없었지만, 굳이 따져 묻지 않았다.

    삼촌 얼굴에는 늘 그림자가 내려앉아 있었다. 그림자는 짙어도 너무 짙어서, 보고만 있으면 나까지 빨려 들어가 가라앉을 것만 같았다. 생기라고는 찾아볼 수 없었고, 입술은 늘 말라붙어 있었으며, 자주 초점 잃은 눈으로 알 수 없는 말을 중얼거리곤 했다. 무언가를 찾아 헤매며 간신히 버티고 있는 사람처럼 보였다. TV에서 마지막으로 본 모습보다 훨씬 더 끔찍한 얼굴로. 나는 그런 삼촌이 걱정되었지만, 할머니는 오히려 좋아했다. 드디어 아들 녀석이 정신을 차렸다며 안심했고, 이제 집안이 좀 나아지겠다는 은근한 기대까지 품었다.

삼촌은 정말 일만 했다. 오로지 집과 공장만 오갔다. 그런 성실함이 때로는 마치 자신을 벌주는 것처럼 보였다. 술도 마시지 않고, 담배도 피우지 않고, 사람들도 만나지 않았다. 집에 들어오면 말없이 내 머리를 한번 쓰다듬고는 곧장 방으로 들어갔다. 삼촌은 할머니와 말을 거의 섞지 않았다. 둘 사이가 나쁜 건지 좋은 건지 헷갈렸지만, 확실한 것은 할머니가 예전처럼 화를 내지 않는다는 점이었다. 다만, 한 달에 한 번 삼촌이 생활비 명목으로 봉투를 내밀면 할머니는 미간을 찌푸리며 한소리를 했다. 그렇게 일하면서 생활비가 고작 이것뿐이냐며, 돈을 어디다 쓰고 다니냐며, 아니면 설마 공장에서 돈 떼먹는 거 아니냐며. 그럼 삼촌은 긴 시간 침묵했다. 우라질 놈. 네가 알아서 해라. 할머니가 봉투를 챙겨 방문을 쾅 닫으면, 삼촌은 조용히 자기 방으로 들어갔다. 나는 그 자리에 남아, 침묵과 잔소리 사이에 남은 묘한 여운을 느꼈다. 사실 나는 알고 있었다. 삼촌 책상 서랍 맨 아래 칸에 '0'이 많은 통장이 있다는 것을. 그 숫자는 아직 어린 내가 읽을 수 없는 세계였다.

그렇게 꼬박 삼 년, 내가 여덟 살이 되었을 때

죽은 사람처럼 지냈던 삼촌이 홀연히 사라졌다.

삼촌의 전 재산이 들어있던 통장과 함께.

2.

 대한산악연맹 이사와 통화 이후, 나흘 만에 택배가 도착했다. 조금의 물기조차 허락하지 않겠다는 듯, 상자의 모든 모서리와 표면은 투명 박스테이프로 단단히 밀봉되어 있었다. 그 안에는 두꺼운 에어캡으로 여러 겹 감싼 작은 수첩 한 권이 들어있었다. 내용물보다 열 배는 큰 상자에 포장한 것을 보니 그는 삼촌의 수첩을 신중하게 다루었던 모양이다. 유품이라서였을까. 나도 커터 칼 대신 손으로 조심스럽게 포장을 뜯었다.

 한 뼘도 채 되지 않는 작은 갈색 가죽 수첩은 겉보기에 상태가 괜찮았다. 하지만 속을 들여다보니, 내지 상태는 썩 좋지 않았다. 많은 페이지가 부식되었고, 일부는 글씨가 너무 흐려서 알아볼 수 없었다. 그럼에도 몇몇

장은 희미하게나마 삼촌이 남긴 글을 읽을 수 있었다. 나는 숨을 죽이고 읽을 수 있는 페이지를 조심스럽게 찾았다.

    2006. 01. 15.

    오늘도 꿈에 연수가 찾아왔다. 나를 향해 환하게 웃고 있었다. 그토록 안전한 웃음이 또 어디 있을까. 그 웃음을 볼 때마다 마음이 편해진다. 연수는 꿈속에서도 나를 원망하지 않는다. 나는 매일 나 자신을 원망하는데. 연수의 얼굴을 똑바로 볼 수가 없다. 그런데도 보고 싶다. 그렇게 꿈에서 깨어날 때마다 산을 오른다. 연수는 어디에 있을까. 추운 곳에 묻혀있을 텐데. 하루빨리 따뜻한 곳에 편히 쉬게 해주고 싶다. 연수만 찾을 수 있다면 내가 어떻게 되든 상관이 없다.

2006. 03. 23.

이상하게도 연수만 내 곁에 있으면 모든 일이 잘 풀렸다. 그래서 욕심을 부렸다. 내가 억지로 연수를 데려가지만 않았어도……. 모든 것이 내 탓이다. 죽어야 할 사람은 연수가 아니라 나였다. 연수는 내게 행운의 부적 같은 존재였지만, 나는 연수에게 죽음의 저주와 같은 사람이었다.

2006. 11. 23.

이번에도 연수를 찾지 못한 채 내려왔다. 이제는 몇 번째 시도인지 기억도 흐릿하다. 결국 한국에서 모은 돈을 거의 다 썼다. 이제 입산료조차 부족하다. 장비도 새로 구비해야 한다. 많은 돈이 필요하다. 어쩔 수 없이 다시 한국으로 돌아가서 돈을 벌어와야 한다. 그리고 반드시 연수를 다시 찾으러 올 것이다.

2007년부터의 메모는 거의 알아볼 수 없었다. 그나마 가장 최근의 메모만이 겨우 알아볼 수 있었다. 짧지만 깊게 새겨진 문장.

2021. 01. 10.
종종 연수 옆에서 죽고 싶다는 생각을 한다. 얼어붙은 연수를 안아 주는 상상을 한다. 뜨거워져 버린 나의 볼로.

2021. 02. 01.
나는 절대 너를 포기하지 않을 것이다.

2006년, 그리고 2021년. 숫자를 되뇌어 본다. 2006년에는 보육원에 있었다. 삼촌이 갑자기 사라지고, 할머니에게서 보육원에 버려진 지 삼 년 조금 넘은 시기. 2021년은 어른이 된 나와 성민을 두고 떠난 이후겠지.

이제야 알 것 같다. 왜 삼촌이 아무 말 없이 우리를 떠났는지. 연수가 삼촌에게 어떤 존재였는지 정확히는 알 수 없다. 다만, 남겨진 몇몇 글만 보아도 연수가 삼촌에게 얼마나 소중한 사람이었는지 마음 깊이 느껴졌다. 단순히 자신 때문에 죽은 연수에 대한 죄책감만으로는 설명할 수 없는 집요함이 있었다. 그것은 간절한 사죄이자, 영원한 애도였다.

'나는 절대 너를 포기하지 않을 것이다.'

종이 위에 꾹꾹 눌러쓴 문장. 삼촌의 마음이 내 안에도 깊게 새겨졌다. 그 문장을 오랫동안 되뇌어 보았다. 조금씩 삼촌을 이해하기 시작했다.

유품이 도착하면 알려달라던 성민의 말이 떠올라, 문자 메시지를 보냈다.

―삼촌 유품이 도착했어. 그리고 많이 고민해 봤는데 우리, 삼촌을 그곳에 그냥 두자. 그게 맞을 거 같아.

잠시 뒤, 성민에게 답장이 왔다.

―그래? 네가 그러고 싶다면 그렇게 하자. 신중히 고민했겠지. 자세한 건 만나서 이야기하자.

받아들이는 데 시간이 걸릴 줄 알았는데, 의외로 성민은 내 의견을 순순히 받아들였다. 나에 대한 존중으로 느껴졌다. 나도 모르게 미소를 지으며 답장을 보냈다.

―성민아, 넌 내게 행운의 부적 같은 사람이야. 항상 고마워.
―갑자기 뭐래, 오글거리게. ㅋㅋㅋ

성민은 질색했지만 난 진심이었다. 성민이 없었다면 나는 어떻게 되었을까. 상상조차 되지 않는다. 행운의 부적. 삼촌에게 연수가 그런 존재였듯이, 나에게도 성민이 그런 존재였다.

*

보육원에서 성민을 처음 만났다. 삼촌이 갑자기 사라진 후, 할머니는 앓아누웠다. 아마 삼촌이 통장만 남겨 놓고 떠났어도 심하게 아프지는 않았을 것이다. 그렇게 앓아누웠다가 무슨 결심을 했는지 벌떡 일어나 어디론가 갔다.

얼마 지나지 않아 멀끔한 양복을 입은 사람이 와서 나를 데리고 나갔다. 내 손을 잡고 가던 그는, 할머니가 다 너를 위해서 그런 거라며 서운해하지 말라고 했다. 나는 영문도 모른 채 어디론가 가고 있었다. 끝까지 할머니는 보이지 않았다.

    성민과 나는 어린이날 한날한시에 보육원에 맡겨졌다. 사실 버려졌다는 것에 가까웠을지도 모른다. 아이들에게 가장 의미 있고 즐거운 날이 가장 먹먹하고 슬픈 날이 되었다. 나는 할머니에게 버려졌고, 성민은 피가 안 섞인 이모라고 불리는 사람에게 버려졌다. 성민은 애초에 가족이 없었는지도 모른다. 당시 여덟 살이었던 우리는 자신이 버려진 이유를 정확히 알지 못했다. 그저 어린이날에 버려졌다는 사실만 기억했다.

　보육원에는 스무 명의 원생이 있었지만, 나는 성민과 항상 함께였다. 같은 날에 들어와서 그런지 끈끈한 무언가가 있었다. 전우애 같은 것이었을지도. 우리는 동갑이었지만 나에게 성민은 형 같은 존재였다. 몸이 약한 나를 성민이 늘 지켜주었다. 보육원에서는 알게 모르게 나이 많고 힘센 아이들이 어리고 약한 아이들을 때리는 일이 많았다. 기강을 잡는다는 이유였다. 보육교사들은 이를 알고도 모른 척했다. 반항하거나 까부는 아이들을 자기 손을 더럽히지 않고 통제할 수 있었기 때문이다. 그래서 힘센 아이에게 뒤로 몰래 폭력을 더 부추기곤 했다. 왜소한 나는 크게 잘못하지도 않았는데 이유 없이 형들에게 많이 맞았다. 그때마다 또래보다 덩치가 큰 성민이 나를 지키기 위해 형들에게 달려들었다. 제아무리 또래보다 덩치가 컸더라도 결국 두세 살 위의 형들을 이길 수 없었다. 그러나 성민은 그냥 맞고만 있지 않았다. 물고 할퀴고 침을 뱉으며 악독하게 대응했다. 형들은 결국 성민에게 손을 들었고, 이후로 나와 성민을 건들지 않았다.

처음 입양된 쪽은 성민이었다. 열 살이 넘은 아동은 입양이 쉽지 않은데, 성민은 정말 행운아였다. 양부모가 어떤 사람인지 궁금했던 나는 원장실 근처를 어슬렁거렸다. 잠시 후, 어색해하는 성민과 힘껏 웃고 있는 예비 양부모가 손을 맞잡고 나왔다. 나는 쭈뼛거리며 축하한다고 인사를 건넸다. 분명 축하해야 할 일이었지만, 성민과 헤어진다는 생각에 울컥했다. 이후, 형들의 괴롭힘이 다시 시작됐다.

한 달 뒤, 성민은 보육원으로 다시 돌아왔다. 첫 번째 파양이었다. 그로부터 일 년 뒤, 두 번째 입양과 파양이 이어졌다. 두 번의 행운과 두 번의 불행. 첫 번째 파양은 양부모의 사업이 망하며 가정이 무너졌고, 결국 양아들까지 감당할 수 없게 되어서였다. 두 번째 파양은 양부의 심각한 조울증으로 인해 학대가 반복되자, 버티다 못한 성민이 심하게 대들어서 쫓겨났다. 성민은 자신의 잘못이 아닌 양부모의 문제로 파양된 사실을 억울해했다. 두 번째 파양 이후 성민은 종종 내게 말했다.

"우리를 구할 수 있는 건, 우리 스스로밖에 없어."

그리고 이렇게 덧붙였다. 믿을 건 돈뿐이야. 보육원을 나가자마자 미친 듯이 돈을 벌어서 부자가 될 거야. 그래서 보육원에 많은 지원을

할 거야. 부모 따위 없어도 잘 살 수 있다는 것을
아이들에게 증명할 거야. 보육원을 퇴소하면 둘이
함께 살자. 내가 너 하나는 확실히 책임진다.
낄낄거리며 말하는 성민이 내게는 한 줄기 빛처럼
느껴졌다.

    보육원 생활이 네 해째 되던 2007년,
곱슬머리에 마른 체구의 아저씨가 보육원에
찾아왔다. 민철 삼촌이었다. 나는 민철 삼촌이
반갑지도, 그렇다고 화가 나지도 않았다. 딱히
어떤 감정도 떠오르지 않았다. 그저 얼떨떨할
뿐이었다. 성민은 나를 꽉 껴안으며 자주 놀러
오라고 말했다. 성민과의 이별이 슬펐지만,
솔직히 속으로는 안도했다.
    삼촌 손에 이끌려 돌아간 집에는 할머니가
없었다. 할머니는 어디 있냐고 삼촌에게 묻자

멀리 떠났다고만 했다. 자세히 설명하지 않았지만, 나는 어렴풋이 할머니가 돌아가셨다는 것을 직감했다. 한 달쯤 지나서야 삼촌은 나를 봉안당으로 데려가 할머니의 죽음을 알려주었다. 삼촌 얼굴에는 묘한 그늘이 드리워졌다. 언젠가 보았던 것 같은 익숙한 얼굴. 아마 TV에서 보았던 것 같은데.

처음으로 혼자 쓰는 방이 생겼다. 보육원에서는 이와 비슷한 크기의 방에서 대여섯 명이 붙어 잤다. 그때는 딱히 불편하지 않았다. 오히려 즐거웠다. 작지만 소중했다. 그러나 그 크기의 방을 혼자 쓰니, 안락하면서도 자유로웠다. 이제는 그때처럼 여럿이 붙어 자면 오히려 불편할 것 같았다.

삼촌은 다시 공장에 다니기 시작했다. 매일 야근을 했고 자정이 넘어서야 녹초가 되어 집에 돌아왔다. 그 시간에 나는 늘 잠들어 있었기 때문에 평일에는 삼촌 얼굴을 거의 보지 못했다. 차라리 보육원에서 성민과 함께 있는 것이 덜 외로웠다. 이럴 거면 뭐 하러 나를 책임지겠다고 데려온 건지. 그래도 주말만큼은 곁에 있어 주었다. 주로 거실에서 함께 TV를 보았지만, 가끔은 영화관이나 놀이공원도 데려가 주었다.

겨울이 되면, 삼촌은 평소와 다르게 야근을 하지 않고 저녁 여섯 시에 귀가했다. 그러고는 나와 함께 밥을 먹은 후, 다시 어딘가로 나갔다.

"어디 가?"

내가 물으면 삼촌의 대답은 매번 똑같았다.

"산에."

나는 삼촌이 산을 매우 사랑한다고 생각했다. 한번은 저녁을 먹다 말고 삼촌에게 물었다.

"삼촌은 산이 그렇게 좋아?"

삼촌은 잠시 주춤하더니 대답했다.

"좋기보다는……, 자꾸 볼이 뜨거워져서."

무슨 말인지 이해할 수 없었다. 볼이 뜨거워서 산에 가다니. 삼촌은 내 표정을 읽었는지 말을 덧붙였다.

"삼촌이 부끄러운 짓을 너무 많이 해서 자주 볼이 뜨거워져. 그래서 얼굴을 식히러 가는 거야. 산꼭대기는 엄청 춥거든."

여전히 삼촌의 말이 이해되지 않았지만, 굳이 이해하려 하지 않았다.

만 열여덟 살 되던 해, 성민은 보육원을 나왔다. 이제 성민은 현실 속에 내던져져 진짜 혼자가 되었다. 자립정착금 오백만 원을 손에 쥔 채 머물 곳을 찾아 헤맸다. 반지하라도 구하려면 보증금과 월세로 돈이 한 번에 빠져나가야 했다.

그렇게 되면 당장 생활비가 하나도 없기에, 결국 두 뼘 남짓한 창이 달린 고시원에 들어가려 했다. 나는 그런 성민을 가만히 둘 수 없었다.

"성민아, 너 그냥 우리 집에서 같이 살자."

"무슨 소리야. 너 혼자 사는 집도 아니고, 삼촌도 계시잖아. 안 돼, 민폐야."

"쓸데없는 소리 말고, 그냥 들어오라면 들어와. 삼촌한테는 이미 말해놨어. 삼촌도 괜찮다고 했어."

이미 나는 삼촌에게 성민의 사정을 말하고 허락을 받아 두었다. 처음에 삼촌은 가뜩이나 좁은 집에 객식구 하나가 더 느는 것을 부담스러워했지만, 성민은 내게 형제나 다름없는 친구라며 강하게 밀어붙였다. 삼촌은 다소 놀란 눈치였다. 늘 잔잔했던 내가 그렇게까지 말한 적이 없었으니까. 삼촌은 허락할 수밖에 없었다.

"근데 남는 방이 없어서 나랑 한방 써야 해."

"오히려 좋지, 추억 돋고. 우리 예전에 보육원에서도 항상 같이 잤잖아."

대여섯 명이 다닥다닥 붙어 지내던 좁은 방을 떠올렸다. 비록 우리는 누군가로부터 버려졌지만, 가끔 그 시절이 그립기도 했다.

"내가 돈 많이 벌어서 우리 다 같이 큰집으로 이사 가자."

성민은 '우리'라는 단어에 힘을 주었다.

나도 성민처럼 바로 일하고 싶었다. 돈을 벌어서 함께 걱정 없이 살고 싶었다. 하지만 삼촌과 성민은 대학에 안 간다는 나를 끝까지 반대하며 설득했다. 평소 말수가 적던 삼촌이 유난히 말을 많이 했다. 등록금 몇 번은 내가 댈 수 있어. 안 되면 나중에 학자금 대출이라도 받으면 되지. 요즘 같은 시대에 대학을 안 나오면 사회에서 무시당해. 앉아서 일하는 게 얼마나 좋은 건데. 성민은 딱 한 마디 했다. 나도 가방끈 긴 친구 좀 두자. 성민의 말에 나는 웃음을 참을 수 없었다. 문득, 어릴 적 할머니 말이 생각났다. 공부 열심히 해서 꼭 대학을 가야 한다. 안 그러면 나중에 우리처럼 가난해져서 평생 힘들게 살아야 해. 여전히 대학과 가난 사이의 인과를 이해하지 못했지만, 결국 모두의 말대로 대학을 가기로 했다.

어느 날 잠자리에 누운 성민이 불쑥 말을 꺼냈다.

"나 이번에 UDT 지원할 거야."

나는 깜짝 놀랐다. 안 그래도 우리 둘 다 군대에 갈 때가 되어서 성민과 동반 입대를 생각하고 있었는데, 하필 UDT라니.

"거기 엄청 빡센데 아니야?"

"맞아. 그런데 UDT 다녀오면 산업 잠수사로 취업할 때 가산점 준대."

"산업 잠수사?"

"너 그거 알아? 산업 잠수사가 돈 엄청 많이 버는 거. 경력 쌓이면 연봉이 일억이 넘는 사람도 많다더라."

"대박. 그런데 위험한 일 아니야?"

"세상에 안 위험한 일이 어딨어. 형이 돈 많이 벌어올 테니까 우리, 마당 있는 집으로 이사 가자."

나는 성민이 위험한 일을 하려는 것 같아서 걱정되었지만, 천진난만한 웃음으로 말하는 성민을 보니 괜스레 마음이 놓였다. 물론 마당 있는 집이라는 말에 은근히 혹하기도 했고.

모두가 각자의 자리에서 묵묵히 삶을 이어가던 어느 날, 저녁 식사 자리에서 삼촌이 우리를 바라보며 흐뭇하게 웃었다.

"너희들도 이제 다 컸구나. 장하다, 장해. 다들 그동안 고생 많았다. 그리고 성민아, 현준이랑 같이 있어 주어서 고맙다. 네가 있어서 참 안심이야. 앞으로도 잘 부탁해."

평소에 말수도 적고 감정을 잘 드러내지 않던 삼촌이 그런 말을 하니, 우리는 약간 어리둥절했다. 애써 아무렇지 않은 척했지만, 내심 마음 한구석이 묘하게 울렁거렸다. 어딘가 익숙한 불길함.

역시 나의 직감대로 며칠 뒤 삼촌은 홀연히 사라졌다. 예전과 달라진 점이 있다면, 이번에는 꽤 많은 돈이 들어 있는 봉투 하나와 다시 돌아오겠다는 메모를 남겼다는 것. 난 삼촌이 늘 그랬듯이 다시 돌아올 거라 믿어서 그다지 걱정하지 않았다.

하지만 삼촌은, 다시 돌아오지 못했다.

3.

　삼촌이 사라지고, 우리는 각자의 삶에 집중했다. 성민은 UDT 복무를 마치고 잠수 관련 자격증을 따, 계획대로 산업 잠수사가 되었다. 나도 대학을 졸업한 뒤, 서울의 물류 자동화 시스템을 개발하는 작은 사무실에 취직했다. 수원에서 서울까지의 긴 출퇴근이 벅찼지만, 도저히 서울 집값을 감당할 수 없었기에 삼촌과 함께 살던 이 집에 여전히 머물고 있다. 어릴 적 할머니의 말은 틀렸다. 대학을 나와 직장을 다니고 있는 나는 쥐꼬리만 한 월급에 여전히 가난했고, 대학을 나오지 않았지만 산업 잠수사가 된 성민은 나보다 연봉이 훨씬 높아 점점 부유해졌다. 이대로라면 마당이 있는 집이 결코 허황된 꿈이 아닐지도 몰랐다.

그렇게 우리는 삼촌 없는 삶이 익숙해졌고, 때로는 그의 부재조차 잊으며 살았다. 하지만 안나푸르나에서 삼촌이 발견되면서, 다시 그의 존재가 선명해졌다.

"역시, 우리 집이 제일 편하구나."
주말을 맞아 부산에서 막 올라온 성민은 짐도 풀지 않은 채, 거실 소파에 털썩 몸을 던지고 기지개를 켰다. 이제 성민의 입에서 '우리 집'이라는 말이 자연스럽게 흘러나왔다. 물론 나 역시 성민이 이 집에 있어야 할 당연한 존재라고 여겼다.
"아, 맞다. 삼촌 수첩 어디 있어? 나도 좀 보자."
소파에서 일어난 성민이 삼촌의 유품을 찾았다. 나는 방에서 수첩을 꺼내 와 성민에게 건넸다. 성민은 수첩 상태를 보더니 살짝 당황했다.

"겉만 멀쩡하고 속은 엉망이네. 이거 유물 대하듯이 장갑이라도 끼고 봐야 하는 거 아니야?"

실없는 농담을 하면서도 성민은 신중하고 조심스럽게 수첩을 펼쳤다. 내가 그나마 읽을 수 있었던 부분을 성민에게 알려주었다. 성민은 한참 그 내용을 보더니 고개를 끄덕였다.

"그래서 네가 삼촌을 거기에 그냥 두자고 했구나. 이제 이해가 되네."

성민은 긴 한숨을 내쉬며, 조용히 수첩을 덮었다. 우리는 묵념이라도 하듯 한동안 말없이 수첩을 바라보았다. 잠시 후, 정적을 깬 성민이 장난스럽게 말했다.

"만약에 내가 바다에서 실종되면, 너도 삼촌처럼 날 미친 듯이 찾아 줄 거지?"

어이가 없어 웃음조차 나오지 않았다. 할 말이 있고 못 할 말이 있지. 나는 성민을 향해 중지를 올렸다.

"지랄, 너 실종되면 오히려 좋지. 바로 네 통장에서 돈 빼서 서울로 이사 갈 거야."

우리는 함께 시시덕거리며 서로를 향해 중지를 올렸다.

그날 나는, 성민에게 그런 농담 따위는 하지 말아야 했다. 정말 하지 말아야 했다.

*

―현준 씨 되십니까?

모르는 번호로 전화가 걸려 왔다. 누구시냐고 묻자,

―저는 성민과 같이 일하는 회사 동료입니다. 비상 연락망을 통해 연락드렸습니다.

가슴이 덜컥 내려앉았다. 성민에게 무슨 일이 생겼다는 것을 직감했다. 그게 아니라면 성민의 회사 동료가 갑자기 나에게 연락할 이유가 없다. 그것도 비상 연락망을 통해서.

―성민에게 무슨 일이 생겼나요? 다치기라도 했나요?

다급한 나의 물음에 그는 머뭇거리다 조심스럽게 말했다.

―그게, 다름이 아니라…… 성민이 작업 도중에 실종되어서 가족분께 연락드렸습니다.

단순히 어디가 다쳐 입원한 정도만 생각했는데 실종이라니. 예상치도 못한 상황에 머리가 하얘졌다. 현실감이 없었다. 믿을 수 없었다. 아니, 믿고 싶지 않았다. 제발 성민이 낄낄거리며 나타나 장난이라고 말해주길 바랐다. 그의 웃음소리는 들리지 않았다. 내가 아무 말도 못 하자, 그가 상황을 설명하려고 했다.

—날씨가 갑자기 급변해서 파도가,

나는 그의 말을 끊었다. 순간 정신을 차렸다. 원인은 필요 없다. 지금은 어떻게 해야 할지만 중요할 뿐이다.

—그래서 지금 상황이 어떻습니까?

—해경이 수색 중입니다만, 지금 파도가 너무 심해서 상황이 좋지 않습니다. 그래도 최선을 다하고 있습니다.

—일단 알겠습니다. 지금 바로 부산으로 가겠습니다. 이동 중에 다시 통화하시죠.

바로 부산으로 가겠다는 말과 다르게 몸이 굳어버렸다. 침착한 척했지만 손이 떨렸다. 내가 감당할 수 있는 일이 아니다. 이럴 땐 어떻게 해야 하지? 문제가 생길 때마다 성민과 상의를 한 것처럼 습관적으로 통화버튼을 눌렀다. 통화음이 울린다. 성민은 받지 않는다. 다시 전화를 건다. 역시 받지 않는다. 받아야만 하는데…….

*

  KTX 창밖으로 봉우리에 먹구름이 낀 이름 모를 산이 흘러갔다. 흐린 날씨 속에서도 산만은 짙은 녹음으로 선명했다. 나는 창문에 손바닥을 대 산을 가렸다. 잠깐 사라진 산은 손바닥을 지나 다시 모습을 드러냈다. 삼촌이 히말라야가 아니라 수풀이 우거진 산을 사랑했다면 어땠을까. 다큐멘터리에서 했던 말처럼 자신이 살아있음을 느꼈을까. 연수와의 관계도 여전히 끈끈했을까. 할머니는 장수하셨을까. 그리고 나는, 혼자가 아니게 되었을까.

 좋은 양부모를 만나 평범한 어른이 된 성민을 상상했다. 냉난방이 잘되는 사무실에서 일하며, 가끔 상사에게 깨져서 우울하다가도 퇴근 후에 친구들과 모여 술 한잔하며 훌훌 털어내는 성민을 상상했다. 그 옆에…… 나는 없다. 나를 만나지 않았다면, 성민도 다른 사람들처럼 평범하게 살아갔을지도 모른다. 삼촌도, 할머니도. 모두 무탈했을지도.

 현장에 도착하자 해경 경비정 네 척이 정박해 있었고, 잠수사들과 헬기 한 대가 분주히 움직이고 있었다. 수색 작업 관계자로 보이는 사람이 다가왔다. 그는 별다른 소개도 없이 상황부터 설명했다.

 "원격 무인 잠수정과 드론까지 동원해서

총력을 다해 수색 중입니다만……."

말을 끝맺음하지 못하고, 저 멀리 해경이 있는 바다를 향해 시선을 돌렸다.

"그래도 바다가 빨리 잠잠해져서 희망을 품을 수도……."

역시나 이번에도 또 말을 끝맺음하지 못했다. 내가 아무 말 없이 바다만 바라보자, 어색해졌는지 자리를 피해 돌아갔다. 잿빛 하늘 아래 검은 바다는 내가 도착하기 전까지만 해도 파도가 심했다는 말이 무색하게 고요했다. 고요해서 더 무겁고 절망스러웠다. 이동을 위해 경비정이 지나간 자리에는 하얀 거품이 일었다. 검은 바다는 말없이 거품을 삼켜버렸다.

집중 수색 사흘째, 해경은 인근 순찰 작업과 함께 수색 작업을 이어갔다. 사실상 수색이

중단되었다는 뜻이다. 시간이 흐르자 하나둘 성민을 포기하기 시작했다. 처음에는 성민의 회사가, 그다음은 해경이, 그리고 함께 일하던 동료들이. 닷새째 되던 날, 모두가 이미 포기한 듯 보였다. 언젠가부터 내 옆에 자주 나타났다가 사라지던, 관계자로 보이는 사람이 바다를 보며 말했다.

"저희도 할 만큼 한 것 같습니다. 솔직히 이제는 찾을 수 있을지 모르겠네요."

그는 마치 최선을 다했다는 듯 말했다. 내가 보기에 그저 방파제에서 수색하는 모습을 구경만 했던 것 같은데. 이제는 관계자라는 이 사람도 의심스럽다. 일단 예의상 고개를 살짝 끄덕였다. 침묵이 길어지자, 그가 은밀히 제안했다.

"이제 공공 수색은 끝난 거 같은데, 마지막으로 민간 수색팀을 써 보는 건 어떨까요?

제가 잘 아는 곳이 있습니다."

"……그렇군요."

내가 말해 놓고도 애매하고 이상한 대답이다. 고용하겠다는 건지 안 하겠다는 건지. 그런데 그는 이 이상한 대답을 허락으로 생각했는지, 살짝 미소를 지으며 말했다.

"대신 비용이 좀 듭니다. 민간 잠수사에 드론 팀, 거기다 원격 무인 잠수정까지 하면 통상적으로 하루에 이천만 원 정도? 그런데 저와 친한 사람들이라 제가 잘만 부탁하면 거의 반까지도 깎을 수 있을 겁니다. 제가 잘 흥정해볼까요?"

매번 말끝을 흐리던 그가, 이번에는 '비용'과 '흥정'이라는 단어를 또박또박 말하며 정확히 끝맺음하는 모습이 꽤 거슬렸다.

"이제 철수하시죠, 가능성도 없어 보이고.

저도 이제 올라가 봐야겠습니다. 계속 회사에서 자리를 비울 수도 없고."

그는 마치 다 잡은 고기를 놓친 듯, 아쉬운 표정을 지으며 입맛을 다셨다.

지친 몸을 이끌고 숙소로 돌아와 그대로 침대에 쓰러졌다. 부산에 내려오고 닷새째 씻지도 못했지만, 씻을 여력조차 없었다. 그저 천장만 멍하니 바라보았다. 아무 생각이 없다. 아무 감정도 없다. 육체만 있을 뿐 영혼이 없다. 성민의 육체와 영혼은 지금 어디에서 유영하고 있을까. 창문 너머로 들어온 뜨거운 햇빛이 얼굴을 비추었다. 햇빛을 피하려고 고개를 돌렸다. 시선 끝에는 배낭이 있었다. 성민의 실종 소식에 짐을 최대한 많이 넣을 수 있는 가방을 찾다가 무심결에 삼촌의 배낭을 메고 왔다. 버릴 수 없어서 창고에 넣어두었던, 오래되어 해어진 등산 배낭. 앞주머니에 꽂힌 삼촌의 수첩이 보였다. 내가 왜 저 수첩을 가져왔지? 기억이 없다. 문득 수첩 안의 한 문구가 떠올랐다. 반복적으로.

나는 절대 너를 포기하지 않을 것이다.

갑작스럽게 심장이 조여왔다. 숨을 쉴 수가 없었다. 맞다, 나만은 성민을 포기하지 않아야 했다. 모든 사람이 다 포기했어도, 절대 나만은 포기하지 않아야 했다. 볼이 타들어 갈 것 같다. 당장 차가운 바다에 뛰어들어 이 뜨거운 볼을 식히고 싶다.

아리는 명치를 움켜쥔 채 몸을 웅크렸다. 지금 너는 어디에 있을까. 침몰하고 있을까, 아니면 모든 것을 훌훌 털어내고 어디에선가 자유롭게

유영하고 있을까. 어둡고 고독한 심해에서 홀로 나를 기다리는 성민을 상상했다. 너는 화가 났을지도 모른다. 배신감에 치를 떨었을지도 모른다. 내가 너무 쉽게 포기해서……. 하지만 아무리 생각해 봐도 결국 너는 환하게 웃으며 나를 기다리고 있을 것 같다. 천진난만한 얼굴을 하고 볼이 붉게 달아오른 나를 향해 다가오고 있을 것 같다.

그런 너의 얼굴을 나는 똑바로 볼 수가 없다.

4.

　성민의 짐이 집에 도착했다. 5호짜리 우체국
택배 상자로 두 상자가 왔다. 아무리 부산에서
숙소 생활을 했다지만 몇 년을 일했는데 짐이
이게 전부라니. 혹시 빠진 짐이 있는지 성민의
회사 동료에게 연락했더니 그게 전부라고 했다.
초라하다고 해야 할지, 소박하다고 해야 할지.
커터 칼로 박스를 열려다가 이것도 성민의
유품이라 생각해서 조심스럽게 손으로 뜯었다.
박스 안에는 옷가지가 들어있었다. 성민의 냄새가
났다. 고농축 섬유유연제의 머스크향. 성민은 늘
세탁기 안에 섬유유연제를 들이붓고는 나에게
잔소리했다. 나이를 먹으면 자기도 모르게
홀아비 냄새가 난다니까. 가뜩이나 아저씨들이랑
숙소를 같이 써서 내 몸에도 홀아비 냄새가

배었더라. 짜증 나 죽겠어. 어느 여자가 홀아비 냄새나는 남자를 좋아하겠냐? 우리도 결혼은 해야지. 그러니까 이제부터라도 냄새를 엄청 신경 써야 해. 너는 모르지? 너한테도 슬슬 홀아비 냄새가 나려고 해. 이제 향수도 쓰고, 향기 좋은 보디로션도 좀 바르고.

옷을 하나씩 꺼내어 바닥에 놓았다. 검은색 면바지 한 벌, 하늘색 옥스퍼드 긴팔 셔츠 한 장, 흰색 반팔 티 몇 장, 그리고 나머지는 모두 검은색 트레이닝복이었다. 그것도 오래되어서 해어진. 나에게는 사회생활을 하려면 옷부터 꿀리지 않아야 한다며 부산에서 올라올 때마다 새로운 옷을 사주던 놈이, 깔끔하게 입어야 사람들한테 무시를 안 당한다며 잔소리하던 놈이, 정작 자기는 해어진 트레이닝복만 입고 있었다니.

다른 박스를 열었다. 평소에 메고 다니던

백팩과 함께 각종 물건들이 에어캡에 싸여있었다. 에어캡을 뜯고 물건을 하나씩 꺼냈다. 스킨로션, 보디로션, 손목시계, 향수, 지갑, 이어폰, 전기면도기, 그리고 탁상용 액자 하나. 액자 속 사진은 삼촌이 우리를 떠나기 며칠 전, 셋이 함께 찍은 사진이었다. 그날은 오랜만에 다 같이 저녁 식사를 하던 날이었다. 성민은 국을 떠먹다 말고 무언가 생각났는지 갑자기 숟가락을 내려놓고 말했다. 우리 사진 한번 찍어요. 생각해 보니까 다 같이 사진을 찍은 적이 없네? 삼촌과 나는 이 상황이 어색했다. 지금까지 함께 살면서 단 한 번도 둘이서조차 사진을 찍은 적이 없었다. 그래서 주저했지만, 어차피 성민이 마음먹은 일은 아무도 말릴 수 없다. 일찌감치 포기하는 게 편하다. 성민은 휴대전화를 꺼내 셀카 모드로 전환했다. 자, 어서 모이세요. 찍습니다, 웃어요!

성민의 익살맞은 표정과 어색하게 웃고 있는 삼촌과 나. 그날 우리 셋은 처음으로 함께 웃었다.

그 사진을 인화해 액자에 넣어 보관했다는 것을 이제야 알았다. 솔직히 너무 오래전 일이라 그런 사진이 있었다는 것조차 잊었는데. 너는 정말…….

나는 유일한 가족사진을 거실 테이블에 올려놓았다.

*

무겁고도 무정한 바닷속을 유영한 지 사십 분째, 스쿠버 다이빙 파트너는 이제 수면 위로 올라갈 시간이라며 손짓했다. 오리발을 힘껏 찼다. 수면에 가까워질수록 짙고 어두운 세상이 서서히 푸른빛으로 밝아지기 시작했다. 육체는 수면 위로 떠오르고 있었지만, 오히려 아래로 가라앉는 기분이 든다. 심해 저편의 무언가가 내 영혼을 끌어당기고 있다. 그것이 성민이라면 기쁜 마음으로 가라앉고 싶다.

다이빙 파트너는 먼저 배 위로 올라갔지만, 나는 여전히 수면 위에 떠 있었다. 스쿠버 다이빙을 배워 성민을 찾아다닌 지 어느덧 육 개월. 이번에도 성민의 어떠한 작은 흔적조차 발견하지 못했다. 넌 도대체 어디에 있을까. 이왕이면 완전한 세계에서 편하게 쉬고 있으면 좋겠건만.

잿빛 구름으로 뒤덮인 하늘이 보였다. 무거워 보이는 구름이 위압적이었다. 당장이라도 나에게 떨어져 나를 삼켜버릴 것만 같다. 거대한 자연 앞에서 또다시 무력감과 두려움이 밀려왔다. 아무리 보아도 익숙해지지 않는다. 너는 이

광경을 얼마나 많이 보았을까. 나는 이렇게나 겁이 나는데 너는 어떤 기분을 느꼈을까.

    몸을 돌려 배를 향해 헤엄쳐 간다. 그리고 다짐한다. 두렵고 겁이 나더라도 계속 너를 찾을 것이다. 포기하지 않을 것이다. 절대로.

작가의 말

나는 절대 너를 포기하지 않을 것이다.

소설을 쓰는 내내 이 문장이 내 머릿속에서 떠나지 않았다. 내가 네게 말하기도 하고, 네가 내게 말하기도 한다. 너는 누구이고 나는 누구일까. 차갑고 새하얀 설산에서 내가 떠오른다. 어둡고 고독한 심해에서 네가 가라앉는다. 결국 나는 너고, 너는 나다. 그리고 우리다.

나는 끝까지 너를 포기하지 않겠다고 했다.

사실 그 말은 내 안의 나를 향한 것이었다.

차라리 끝까지 붙들고 아파해야지.

절대 포기하지 않고 애도해야지.

그렇게 살아남아야지.

그것이 우리를 구하는 것.

2025년 8월

이종혁

작가 인터뷰

Q. 작가님이 기존에 쓰셨던 소설과 비교하면 이 소설은 평소보다 오랜 시간에 걸쳐 쓰셨다고 들었습니다. 어떤 이유에서였을까요? 작업 과정에서 부딪힌 어려움이 있다면 들려주세요.

A. 『안나푸르나』를 본격적으로 구상하고 완성하는데 일 년 반 가까이 걸린 거 같습니다. 물론 중간에 몇 편의 소설을 쓰느라 더 늦어지기도 했지만, 워낙 고민할 부분이 많아서 다른 소설에 비해 더 오래 걸린 건 사실입니다. 특히 가족의 죽음을 다룬 소재라 더 신경이 쓰였습니다. 죽음을 다루는 소설을 쓸 때는 늘 생각이 많아집니다. 단지 이야기의 흥미나 재미만을 위한 죽음이 아니어야 한다고 생각하기 때문입니다. 그리고 인물 간의 관계를 어떻게 풀어내야 할지 고민이 많았습니다. 현준과 성민, 현준과 삼촌, 할머니와 삼촌, 할머니와 현준. 이들의 관계 속에서 감정이 과하지 않고, 있는 그대로 담담하게 묘사하려고 노력했습니다. 인위적이고 신파적이지 않게 쓰고 싶었습니다.

특히 방대한 자료 조사에 어려움도

많았습니다. 히말라야산맥 정보, 안나푸르나 등반 실종자 수색 및 시신 수습 방법, 산업 잠수사 정보, 바다 실종자 수색 방법, 보육원 관련 정보 등 제가 평소에 경험하지 못한 소재들이 많아서 이해하는 데 더 오래 걸렸습니다. 비록 소설이 허구의 이야기일지라도 사실이 아닌 부분은 경계해야 하니까요.

Q. 이 소설은 안나푸르나에서 삼촌의 시신이 발견되면서 시작되는데요. 시신 송환 문제를 놓고 벌어지는 일련의 흐름과 사건들이 굉장히 생생하고 현실적으로 느껴졌습니다. 과거 뉴스에서 보았던 몇몇 사건들이 떠오르기도 했고요. 이 소설은 어떻게 구상하게 되셨는지, 특별한 계기가 있으셨는지 궁금합니다.

A. '부끄러운 짓을 너무 많이 해서 볼이 뜨거웠다. 설산에 올라가 얼굴을 식히고 싶다.'

『안나푸르나』의 모든 시작은 제 오래된 수첩에 쓰인 이 문장으로부터 시작했어요. 개인적인 일이라 자세히 말할 수는 없지만, 이 문장을 쓴 당시에 저는 부끄러운 짓을 많이 했습니다. 친구에게, 가족에게, 연인에게, 심지어 나 자신에게조차. 상처받지 않기 위해 많은 것을 쉽게 포기하고 끊어냈습니다. 무책임하고 냉정하게. 그것이 저를 살아낼 수 있게 하는 유일한 길이라고 믿었습니다. 서로에게 상처인지도 모르고. 사과할 용기와 용서할 관용도 없었습니다. 시간이 지날수록 상처와 죄책감이 서로 뒤엉켜 저를 삼켜버렸습니다. '시간이 약이다.'라는 말을 믿고, 삶을 시간으로 밀어붙였죠. 상처는 옅어졌지만 자신에 대한 실망감은 갈수록 커졌습니다. 무엇하나 풀어내지 못한 채 살아가다 보니, 저는 죄책감만 가득한 텅 빈 인간이 되어버렸습니다. 이미 돌이킬 수 없는 현재, 언젠가는 제 안에 남아 있는 문제를 풀어내기 위해 무엇이라도 써야겠다고 생각했습니다. 마치 의식처럼. 그런 계기로 이 소설이 시작되었습니다.

    소설의 구상은 대표적인 설산인 히말라야에 대해서 자료 조사를 하다가, 에베레스트에서 숨진 박무택 대원의 시신을 수습하기 위해 떠난 엄홍길 대장과 휴먼 원정대의 다큐멘터리를 보고 큰 영감을 받았습니다. 시신을 거두는 과정에서 갑자기 날씨가 급변하여 결국 시신을 수습하지 못하고 양지바른 곳에 안장할 수밖에 없었지만, 그럼에도 제게는 큰 울림이었습니다.

당시 주변에서 반대가 많았다고 합니다. 괜히 시신 수습하러 갔다가 또 사고가 날 수도 있으니까 제발 포기하라고. 하지만 엄홍길 대장은 여기서 포기하면 박무택 대원에게 미안한 마음이 컸고, 평생 죄를 지은 마음으로 살아갈 것 같다고 했습니다. 다들 불가능하다고 하지만 그래도 최대한 죽을힘을 다해서 할 수 있을 때까지 해보고 그때 가서 포기하면 후회가 없지 않으냐고, 그래도 안 되면 그때 놓아주자고. 마치 저에게 하는 말처럼 엄홍길 대장의 마음이 저를 흔들어놓았습니다.

Q. 한국 사회에도 수많은 참사가 있었지요. 그때마다 무수히 많은 피해자가 삶의 반대편으로 건너갑니다. 남겨진 사람들은 고통 속에 살아가게 되는데요. 힘들어하는 이들에게 세상은 한동안 위로를 건네지만, 그 기간이 길어지면 "아직도 그 이야기냐", "언제까지 그럴 거냐" 힐난합니다. 사회적 참사가 아니라 개인적 참사라면 힐난의 시간은 더욱 앞당겨지겠지요. 그런 측면에서 이 소설은 "아직도 그 이야기냐"라고 묻는 세상에 보내는 긴 대답 같기도 합니다. 절대 포기하지 않는 두 사람, '삼촌'과 '현준'의 이야기를 쓰면서 어떤 생각을 가장 많이 하셨나요.

A. 누군가는 참사 속에서 많은 것을 잃어버립니다. 가족을, 친구를, 시간을, 돈을, 마음을…… 특히 자신을 잃어버리죠. 그들은 피해자를 지키지 못했다는 죄책감에 사로잡혀 삶이 통째로 어긋나버립니다. 그런 마음으로 오랫동안 살아가는 사람들이 있습니다. 때로는 평생. 그렇게 자신을 포기한 채 살아갑니다. 물론 참사 속 남겨진 사람들의 고통을 제가 어떻게 감히 이해한다고 말할 수 있을까요. 경험하지 못한 사람은 함부로 말할 수 없는 영역입니다. 그저 그들이 돌아올 수 있을 때까지 주변에서 도와주며 기다려주는 수밖에 없다고 생각합니다.

삼촌과 현준이 자신을 포기하지 않았으면 좋겠다는 마음으로 이야기를 썼습니다. 자신의 '애도의 방법'에 따라 살아냈으면 좋겠다고 생각했습니다. 언젠가는 담담해질 때까지.

Q. 이 소설에는 '우리'가 자주 등장해요. '우리'라는 말은 정서적 연대감과 결속력을 느끼게 하는 말이기도 하지만, 때로는 앞장서서 개인의 자율과 독립성을 희생하길 요구하는 말이기도 합니다. 소설에서도 '우리'가 등장하는 맥락에 따라 조금씩 다른 감정을 느낄 수 있었는데요. '성민'이 '현준'과 자신을 가리켜 '우리'라고 말할 때("우리, 삼촌을 어떻게 해야 할까?", "우리 다 같이 큰집으로 이사 가자.")와 할머니가 삼촌에게 '현준'과 자신을 '우리'라고 묶어 말할 때("우리 생각도 좀 해라!") 그 사이에는 아득한 괴리감이 있었습니다.

작가님은 '우리'라는 말을 자주 쓰시나요? 어떤 순간, 어떤 존재와 기꺼이 '우리'가 되길 자처하시나요? '우리'라는 말의 반복을 통해 전하고 싶은 이야기가 있으셨다면 듣고 싶습니다.

A. 저는 '우리'라는 말을 자주 쓰는 편인 거 같습니다. 사람들과 함께하는 것을 좋아하기도 하지만, 냉혹한 현실 속에서 '우리'라는 결속력이 우리를 지킨다고 생각합니다. 그렇다고 모든 사람과 우리가 되는 것이 아닙니다. 희생을 자처하거나 도움이 되는 사람과 우리가 되는 것도 아니고, 의지할 수 있는 사람과 우리가 되는 것도 아닙니다. 오히려 홀로 설 수 있는 존재와 우리가 되길 자처합니다. 개인이 온전하지 못하면 우리는 더 이상 우리가 아니게 됩니다. 그래서 온전한 자신이 될 때까지 기꺼이 서로의 곁을 지키며 함께 버텨주었으면 합니다. 아무리 세상이 냉정해졌다고 하지만 저는 여전히 '우리'의 힘을 믿습니다.

Q. 소설을 읽는 동안 몇 번이나 한숨을 쉬었습니다. 특히 '성민'이 두 번이나 파양될 때는 '흡연자들이 이럴 때 담배를 피우겠군' 했는데요. 부모에서 친척 어른으로, 친척 어른에서 보육원 사람들로 주 양육자가 바뀌는 '성민'과 '현준'에게 가족이란 어떻게 정의될지 아득하기도 했어요. 그런 차원에서 그 둘은 서로를 깊이 이해했을 것 같고, 서로를 가족으로 선택하는 데 망설임이 없었을 것 같습니다. 세상은 그걸 '정상 가족'이 아니라 '대안적 가족'이라고 부르겠지만요.

그러고 보면 이 소설에는 결혼으로 결합된 이성애자 남성과 여성이 만든 가족 안에서 자란 사람이 등장하지 않는데요.(정황상 삼촌 역시 한부모 가정에서 자랐다고 보았습니다) 이유가 있으셨나요? 작가님이 생각하는 이상적인 가족 공동체의 모습은 무엇인지 궁금합니다.

A. 결혼으로 결합한 이성애자 남성과 여성이 만든 가족 설정을 의도적으로 배제한 것은 아닙니다. 그저 세상에서 혼자가 된 그들이 진심으로 가족이 되는 과정을 이야기하다 보니 배제된 것처럼 보였는지도 모르겠습니다. 오히려 소설 속 성민은 흔히 사회에서 말하는 정상 가족을 만들기 위해 노력하는 인물입니다. 이상적인 가족을 상상하면서요.

그나저나 과연 이상적인 가족 공동체가 있을까요? 규범적인 기준은 이미 사라진 지 오래되었다고 생각합니다. 개인마다 기준이 다르기도 하고요. 그래서 지금까지 따로 생각해 보지 않았습니다. 그럼에도 굳이 찾자면, 개인이 온전히 홀로 설 수 있어야 이상적인 가족 공동체가 된다고 생각합니다. 자칫 개인주의자라고 생각하실 수 있겠지만,

그것보다는 개인을 인정해 주는 가족이라고 생각하시면 됩니다. 물론 너무 무책임하지 않은 선에서요.

Q. 이 소설에 등장하는 '할머니'는 가족이 아니라 자기 자신만을 위해 사는 아들을 향해서는 "이기적인 새끼"라고 욕하지만, 텅 빈 얼굴로 돈을 버는 아들을 보면서는 "드디어 아들 녀석이 정신을 차렸다"라며 안심하고 "집안이 좀 나아지겠다는 은근한 기대"를 품습니다. 어린 조카도 알아차릴 만큼 선명한 자식의 그늘 앞에, 걱정보다 안심을 하는 것은 언뜻 너무해 보이기도 하는데요. 그러나 또 한편, 할머니에게 삶이란 원래 그런 것일지도 모르겠다는 생각이 들었습니다. 그림자가 내려앉고 간신히 버티고 있는 게 당연한 것. 원래 지치고 힘든 것.

한국 사회에서 할머니 되기에 성공한 여성들은 대부분 그런 삶을 살았을 테지요. 가족만을 위해 살아온 삶. 그런 사람에게는 가정을 제쳐두고 돈 되지 않는 산행에 나서는 아들이 도저히 이해되지 않았을 것도 같습니다. 하루 종일 파지를 주워도 수중에 떨어지는 돈은 고작 몇천 원일 텐데, 그 돈으로 손자까지 양육하는 것은 힘에 부치는 일이었을 테니까요.

할머니라는 인물을 그릴 때 작가님이 가장 주요하게 생각한 지점은 무엇이었나요? 더불어 작가님이 가장 애정을 갖고 바라본 인물은 누구였는지도 궁금합니다.

A. 할머니는 어쩔 수 없는 선택을 하며 살아가는 인물로 그렸습니다. 몸이 약한 노인이지만 가난해서 어쩔 수 없이 혼자라도 일을 할 수밖에 없는, 이기적인 자식을 원망하지만 어쩔 수 없이 받아들일 수밖에 없는, 손자를 키우고 싶지만 어쩔 수 없이 보육원에 보낼 수밖에 없는. 모든 선택은 어쩔 수 없이 이루어졌습니다. 자신의 의지가 아니었죠. 그럴 때마다 과연 할머니의 속마음은 어땠을까요? 저는 감히 상상할 수 없습니다.

제가 가장 애정을 갖고 바라본 인물은 성민입니다. 이 소설에서 가장 긍정적이고 활발한 인물이지만, 사실 파양을 두 번 당할 정도로 상처가 깊은 인물입니다. 과거 일 따위 아무렇지도 않은 척하지만 사실 속은 많이 문드러졌을 겁니다. 그러면서 배려 깊게 현준도

챙기면서 삶의 의지를 꺾지 않았습니다. 현준은 성민 덕분에 '우리'가 될 수 있었고 '자신'이 될 수 있었는지도 모르겠습니다. 제가 성민을 그리면서도 그를 동경했습니다. 실제로 제일 많이 닮고 싶은 인물이기도 하고요. 제가 성민과 같은 상황이라면 그처럼 할 수 있었을까요? 나중에 제일 잘 되는 인물이 되었으면 좋겠건만, 실종 사건을 쓰면서 가장 마음이 아팠습니다.

Q. "만약에 내가 바다에서 실종되면, 너도 삼촌처럼 날 미친 듯이 찾아 줄 거지?"라고 말하는 성민은 꼭 앞으로 일어날 일을 예감하기라도 한 듯 묻습니다. 산업 잠수사로 사는 성민의 삶이 얼마나 죽음과 가까이 있었는지 상상해 볼 수 있는 대목이기도 했는데요. 평소 산업 잠수사라는 직업이 갖는 위험성에 관심이 있으셨는지요. 성민의 직업을 산업 잠수사로 설정하게 된 계기가 있으셨는지 듣고 싶습니다.

A. 우선 성민의 직업으로 몇 가지 조건을 생각했습니다. 삶과 죽음의 경계에 가까운 직업일 것, 산악인 삼촌과 대척되는 바다에 관한 직업일 것, 연봉이 많을 것. 이 조건이 충족하는 건 원양어선 항해사와 산업 잠수사가 있었습니다. 둘 중 어떤 직업을 선택해야 할지 고민을 많이 했습니다. 그러다 문득 세월호 참사 사건이 생각나더라고요. 당시 위험한 환경 속에서도 자발적으로 구조 및 수색 작업에 참여하며 중요한 역할을 한 민간 잠수사들의 이야기를 기억하고 있었습니다. 수색 도중에 숨진 잠수사도 있었고 이후에 다수의 민간 잠수사가 잠수병, 외상 후 스트레스 장애 등 각종 질환에 시달렸다는 사실도 알았습니다. 그만큼 삶과 죽음의 경계를 드나드는 존재였습니다. 자연스럽게 상상되었습니다. 성민이 지체 없이 바다에 뛰어들어 구조 및 수색

작업하는 모습을. 그래서 성민은 산업 잠수사가 되었습니다.

Q. "시간이 흐르자 하나둘 성민을 포기하기 시작했다. 처음에는 성민의 회사가, 그다음은 해경이, 그리고 함께 일했던 동료들이. 닷새째 되던 날, 모두가 이미 포기한 듯 보였다."(63쪽)

작가님에게 시간이 흘러도 결코 포기할 수 없는 것이 있다면, 포기하고 싶지 않은 것이 있다면 무엇인가요.

A. 결국 저 자신을 포기할 수 없습니다. 분명 살아가다 보면 삶이 통째로 흔들리고 그 위에 서 있는 제가 무너지는 순간이 올 겁니다. 피할 수도 없이 고꾸라지겠죠. 그럼에도 저 자신만은 포기하지 않을 겁니다. 일어설 수 없다면 기어서라도 아니 웅크려있기라도 할 것입니다. 그렇게라도 버텨서 사랑하는 이들 곁에 오랫동안 있고 싶습니다.

monostory 002

안나푸르나

초 판 1쇄 펴낸날 2025년 8월 20일

지은이 이종혁
작가 인터뷰 박은지(부비프 대표)
편집 | 디자인 | 제작 주얼

펴낸곳 이스트엔드
펴낸이 주얼
이메일 eastend_jueol@naver.com
SNS @eastend_jueol

ISBN 979-11-977460-9-3-03810

이 책의 판권은 지은이와 이스트엔드에 있습니다.

이 책 내용의 전부 또는 일부를 재사용하려면 반드시 양측의 서면동의를 받아야 합니다.

파본 도서는 구입처에서 교환해 드립니다.